KB055577

이제는 놓아줄 시간

메리 페이(Mary Fahy)
미국 자비의 수녀회(Sisters of Mercy) 소속으로 교육자 겸 경건 생활 지도자로 활동하며 코네티컷에서 살고 있다. 주로 삶의 전환기를 마주한 이들과 상실감이나 재탄생을 경험하는 이들을 위해 글을 쓰고 있다. 지은 책으로 《겨울을 견뎌낸 나무》, 《이제는 놓아줄 시간》이 있다.

존 인세라(John Inserra)
30년 넘게 삽화가, 사진작가, 제품 디자이너, 그래픽 아티스트로 활동해 왔다. 이 책은 그가 삽화 작업에 참여한 첫 번째 책이다. 홈페이지 http://www.johnnyi.com에 들어가면 그동안 작업한 작품을 만날 수 있다.

이은진
대학과 대학원에서 정치학과 정책학을 공부했다. 출판사 편집자로 일하다 퇴사 후 번역가로 살고 있다. 주로 인문사회 분야 책을 우리말로 옮기는 작업을 하고, 드문드문 기독교 책을 번역하기도 한다. 옮긴 책으로는 《장 칼뱅의 생애와 사상》, 《그리스도처럼》, 《분별력》, 《공감의 배신》, 《책의 책》 외 다수가 있다.

A Time for Leaving
by Mary Fahy

메리 페이 글
존 인세라 그림
이은진 옮김

A Time for Leaving

이제는 놓아줄 시간

늘 믿고 지지해 주시는 부모님과

이 책이 세상에 나올 수 있게

자신의 인생사를 들려준 모든 이들에게

_ 메리 페이

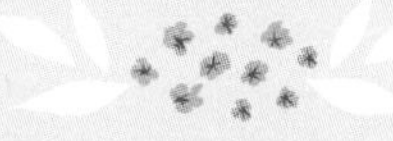

내게 화가의 길을 처음 알려 주신

어머니에게

_존 인세라

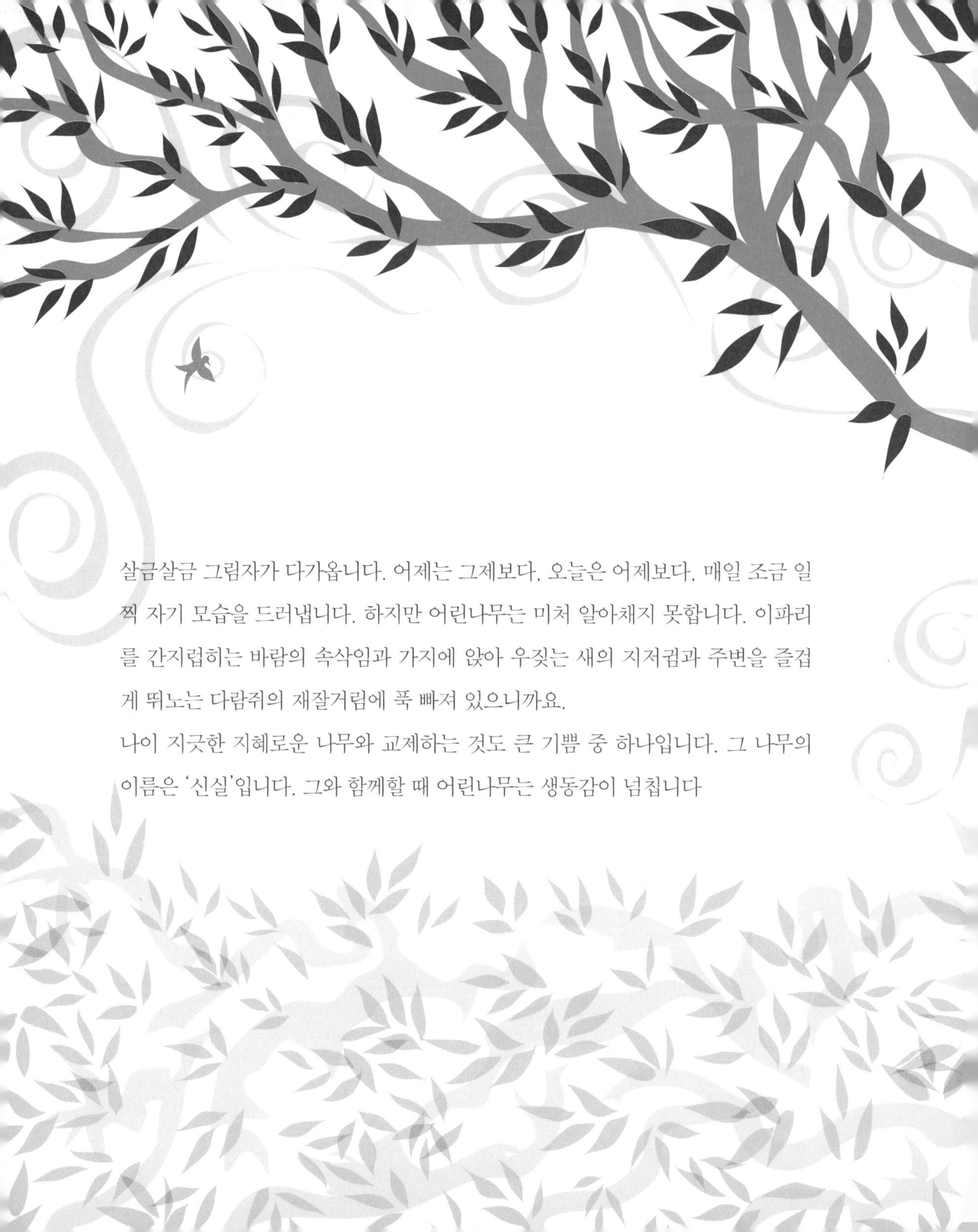

살금살금 그림자가 다가옵니다. 어제는 그제보다, 오늘은 어제보다, 매일 조금 일찍 자기 모습을 드러냅니다. 하지만 어린나무는 미처 알아채지 못합니다. 이파리를 간지럽히는 바람의 속삭임과 가지에 앉아 우짖는 새의 지저귐과 주변을 즐겁게 뛰노는 다람쥐의 재잘거림에 푹 빠져 있으니까요.

나이 지긋한 지혜로운 나무와 교제하는 것도 큰 기쁨 중 하나입니다. 그 나무의 이름은 '신실'입니다. 그와 함께할 때 어린나무는 생동감이 넘칩니다

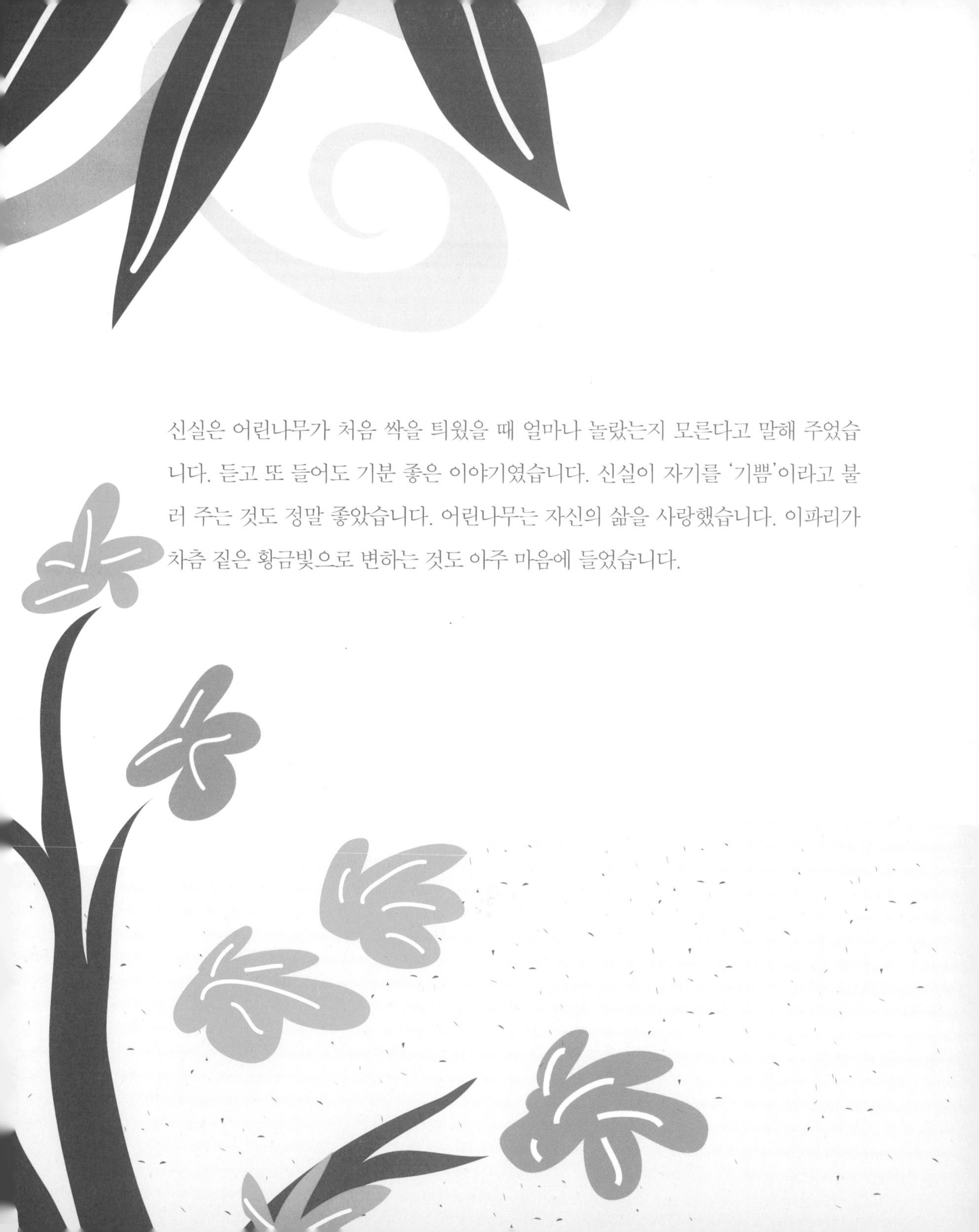

신실은 어린나무가 처음 싹을 틔웠을 때 얼마나 놀랐는지 모른다고 말해 주었습니다. 듣고 또 들어도 기분 좋은 이야기였습니다. 신실이 자기를 '기쁨'이라고 불러 주는 것도 정말 좋았습니다. 어린나무는 자신의 삶을 사랑했습니다. 이파리가 차츰 짙은 황금빛으로 변하는 것도 아주 마음에 들었습니다.

늦은 여름의 어느 날이었습니다. 그날도 둘이서 옛일을 추억하며 정답게 시간을 보내고 있었습니다. 그때 주홍색 이파리가 세찬 바람에 쫓기며 땅바닥에서 뒹구는 모습을 기쁨은 처음 보았습니다.

"저게 뭐예요?" 어린나무가 소리쳤습니다.

"아, 저건 단풍잎이란다. 근처 숲에서 날아온 모양이구나." 신실이 대답했습니다.

"정말 예뻐요." 기쁨이 말했습니다. "그런데 여긴 웬일일까요? 보세요! 저기 더 있어요!"

기쁨이 가리키는 쪽을 눈으로 따라가 보니, 아까보다 밝은 빛깔의 나뭇잎들이 장난치듯 빙글빙글 돌고 있었습니다.

"이제 시작이구나." 중얼거리듯 신실이 말했습니다. 지난 일을 떠올리며 무겁게 가라앉은 목소리였습니다.

"시작이라니요? 무슨 일이 벌어지는 건데요?" 기쁨이 따져 물었습니다. "이파리는 원래 땅의 소유가 아니잖아요. 원래 나무 건데?"

"아니란다." 신실이 대답했습니다. "이젠 나무의 것이 아니야. 잠시 나무에 붙어 있었지만, 이제 가야 할 시간이야. 그걸 '떠난다'라고 한단다."

"떠난다? 이파리가 나무를 떠난다는 말이에요? 얼마 동안요?" 가슴속을 파고든 공포가 새된 목소리에 배어 나왔습니다. "그 나무가 뭘 잘못한 거예요? 그래서 벌 받는 거예요? 병에 걸린 거예요, 아니면 죽는 거예요?"

"그런 게 아니란다." 신실이 말했습니다. "우리는 모두 해마다 나뭇잎을 잃는단다. 놓아줘야 할 계절이 온 거야."

너무 놀란 어린나무의 몸이 딱딱하게 굳었습니다. 바람이 가지를 간지럽혀도 굳은 몸은 풀리지 않았습니다. 어린나무의 세상에 대체 무슨 일이 일어나고 있는 걸까요? 어린나무는 어느 때보다 행복하고, 아름답고, 넉넉했습니다. 그런데 이제 이 모든 게 변할 거라니요?

겨우 정신을 차린 어린나무가 소곤거렸습니다. "그런 일은 없었으면 좋겠어요. 내가 이파리를 얼마나 사랑하는데. 절대 놔주지 않을 거예요."

RJ

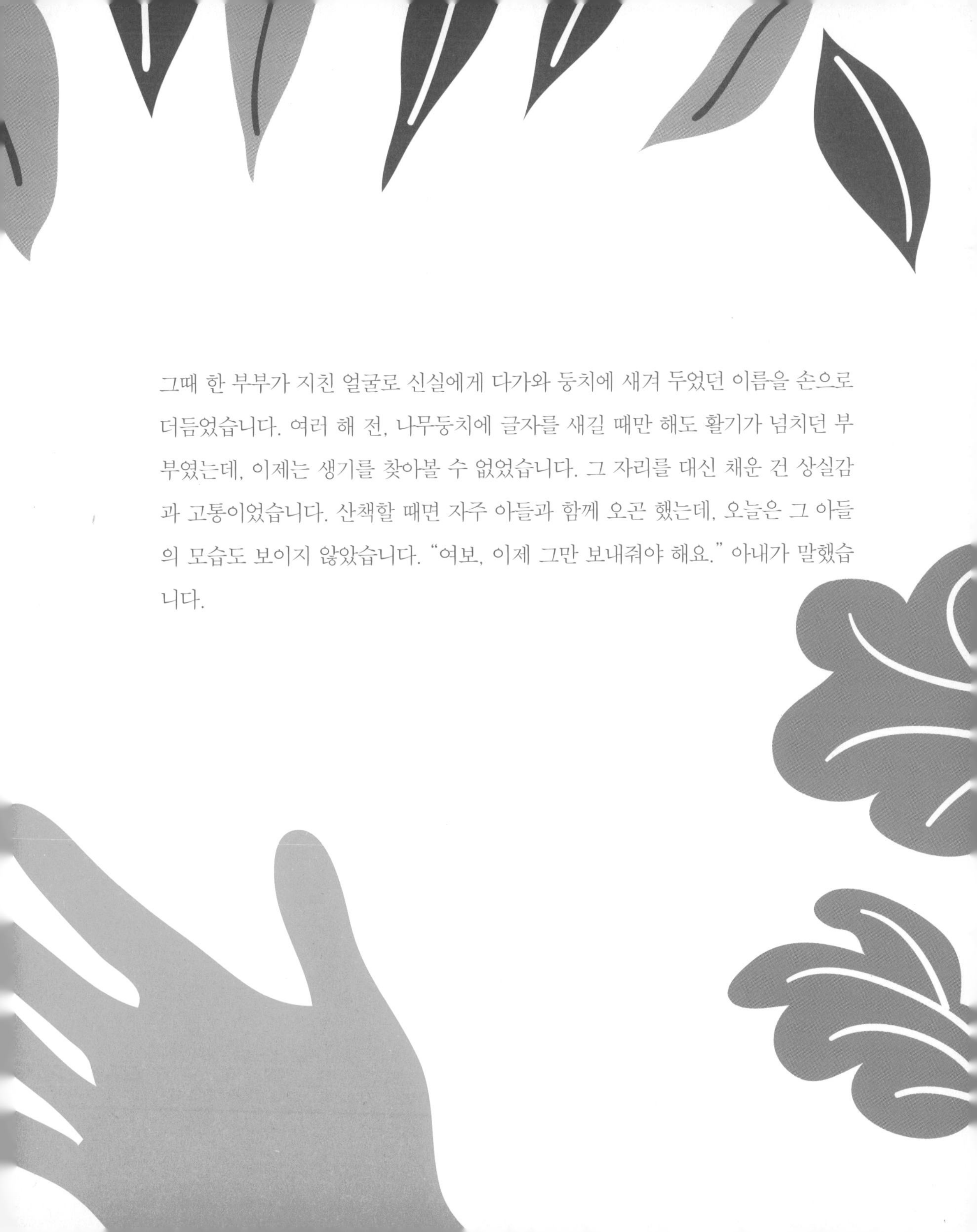

그때 한 부부가 지친 얼굴로 신실에게 다가와 둥치에 새겨 두었던 이름을 손으로 더듬었습니다. 여러 해 전, 나무둥치에 글자를 새길 때만 해도 활기가 넘치던 부부였는데, 이제는 생기를 찾아볼 수 없었습니다. 그 자리를 대신 채운 건 상실감과 고통이었습니다. 산책할 때면 자주 아들과 함께 오곤 했는데, 오늘은 그 아들의 모습도 보이지 않았습니다. "여보, 이제 그만 보내줘야 해요." 아내가 말했습니다.

남자는 몸을 주체하지 못할 정도로 흐느껴 울었습니다. 나무둥치에 기댄 채 비통한 마음으로 소리쳤습니다. “아니, 어떻게 그래!” 남자가 울부짖었습니다. “이건 불공평해. 우리 애는 너무 어려. 내가 얼마나 사랑하는데. 난 못해. 아니, 안 해….”

신실은 조용히 둥치를 내주며 남자가 마음껏 울 수 있게 해 주었습니다.

그리고 그가 울음을 그치자 발밑에 이파리 하나를 떨어뜨려 주었습니다. 남자는 생각에 잠긴 얼굴로 나뭇잎을 주워들고 가만히 어루만졌습니다. 한참 후에, 남자는 아내의 손을 잡고 천천히 마을로 향했습니다. 다른 쪽 손으로는 신실이 준 나뭇잎을 꼭 쥐었습니다. 나뭇잎이 그에게 새 힘을 주는 것 같았습니다.

기쁨은 한참 동안 말이 없었습니다. 그러다 이윽고 입을 열었습니다. "이파리를 하나 떼어 주셨죠? 아팠어요?"

"조금." 신실이 말했습니다. "떠나보낼 준비가 아직 안 되었거든. 그렇지만 내 친구들을 사랑하는 마음이, 그들을 위로하고픈 바람이 훨씬 더 컸단다. 내 것을 내어 주는 게, 내가 할 수 있는 전부였어."

기쁨은 강한 어조로 물었습니다. "무슨 말이에요? 떠나보낼 준비가 안 되었다는 게?"

"그 이파리는 오랫동안 나와 함께했단다." 신실이 다정하게 말했습니다. "그런 이파리와 헤어지는 건 쉬운 일이 아니지. 하지만 내가 그 이파리에게, 그 이파리가 나에게 어떤 의미인지, 서로 기억하고 기리면, 놓아주는 게 조금은 쉬워진단다."

기쁨은 더럭 겁이 났습니다. "난 내 걸 지킬 거예요!" 기쁨이 말했습니다. "아무것도 바뀌지 않았으면 좋겠어요. 지금처럼 아름답고 행복한 시간은 다시 없을 거예요." 기쁨이 반항하듯 이파리를 흔들자, 가지에 앉아 쉬던 새들이 놀라서 푸드덕 날아올랐습니다.

바로 그때, 아이의 손을 억세게 움켜잡은 여자가 잔뜩 찌푸린 얼굴로 터덜터덜 걸어왔습니다. 여러 해 동안 분하고 억울한 마음을 곱씹으며 살아온 탓인지, 얼굴에 깊게 주름이 패 있었습니다.

신실은 깊은 한숨을 내쉬었습니다. "저 여자는 놓아주는 법을 배우지 못했어. 어렸을 때 제대로 돌봄을 받지 못했거든. 그 후로 누구도 용서하거나 믿지 못하게 되었지. 여러 모양으로 그때의 괴로움이 저 여자의 삶을 망가뜨렸구나. 누군가 사랑을 말해도 곧이듣지 못하는 사람이 되어 버렸어. 게다가 이제 그 비극을 자식에게 그대로 대물리고 있으니, 참 서글픈 일이다."

"왜 이파리를 주지 않아요?" 궁금한 마음에 기쁨이 큰 소리로 물었습니다.

"그게 도움이 된다면, 그렇게 했을 거야." 신실이 말했습니다. "하지만 저 여자는 억울한 마음에 눈이 멀어서, 이파리를 주어도 받을 줄을 몰라. 용서하면 훨씬 더 행복해질 텐데, 쉽진 않을 거야. 상처를 방패처럼 움켜잡고 삶에 맞서고 있으니까."

신실은 잠시 말을 멈췄고, 기쁨은 잠자코 기다렸습니다.

"계절이 오고 가는 건 축복이 아닐까 싶다." 이윽고 신실이 말했습니다. "미처 준비가 안 된 상태에서 계절이 바뀌기도 하지만, 다음 계절을 맞이하려면 이 계절을 놓아주어야 한단다. 이파리에 수북이 눈이 쌓이면, 버거운 짐이 되니까."

"그럼, 저기 저 떡갈나무는요?" 기쁨이 따져 물었습니다. "봄에도 오래된 갈색 이파리가 가지에 매달려 있는 걸 봤는걸요."

"아, 그래! 그네들 고집도 참 어지간하지." 신실이 너털웃음을 치며 말했습니다. "봄 새싹이 돋아나 갈색 이파리를 밀어낼 때까지 검질기게 붙들고 있으니 말이야. 다른 나무들이 이파리를 다 떠나보내고 기품 있게 서 있을 때도 떡갈나무는 고집스럽게 붙잡고 있지."

"고집스럽다니, 그게 무슨 막말이야!" 덩치 큰 떡갈나무가 고함쳤습니다. "그건 어디까지나 원칙의 문제지. 가문의 전통이라고. 누구도 내게서 잎사귀를 빼앗을 순 없어. 순진해 빠진 것들이나 순순히 놓아주고, 믿어 보자, 하는 거지. 난, 더 좋은 이파리가 나올 때까지, 가진 걸 꽉 붙잡고 있을 거야."

"화났나 봐요." 기쁨은 떡갈나무의 심기를 거스르지 않으려고 목소리를 낮춰 말했습니다.

"화나서가 아니라 두려워서 저럴 거다." 신실이 말했습니다. "붙잡고 있던 걸 놓아주고, 미지의 세계에 발을 딛는 건, 누구에게나 두려운 일이란다. 그래서 떡갈나무 가문은 위험을 감수하기보다는 늘 안전한 길을 택했지."

"겁만 많은 게 아니라 바보네요!" 저도 모르게 튀어나온 말에 순간 놀란 어린나무는 눈치를 보듯 큰 나무를 조심스럽게 쳐다보았습니다. "사실은, 떡갈나무가 영리하다고 생각해요. 내 생각도 떡갈나무랑 같아요! 봄이 다시 찾아올 거라고, 어떻게 장담해요?" 기쁨이 따져 물었습니다.

"나도, 봄을 다시 맞이하지 못하리라, 생각한 적이 있었어." 어디선가 다른 나무가 말했습니다. 어물어물 입을 연 주인공은 꽃이 아름다운 벚나무였습니다.

"무슨 일이 있었는데요?" 기쁨과 신실이 한목소리로 물었습니다.

"어느 해, 늦여름이었어요." 벚나무가 말했습니다. "사나운 태풍에 얼마나 놀랐는지 몰라요. 비가 억수로 퍼붓고 매서운 바람이 우리를 칭칭 휘감았어요. 살면서 그때만큼 힘들었던 적이 없어요."

"처음에는, 살아 있음에 감사했어요. 넋이 나가서, 태풍이 어떤 충격을 안기고 갔는지, 제대로 알아채지도 못했어요. 그러다, 뿌리가 뽑히거나 가지가 부러진 친구들을 보게 됐죠. 그제야 견딜 수 없는 슬픔이 몰려왔어요."

"그리고 곧, 나 역시 다쳤다는 걸 알았죠. 가지는 여기저기 부러지고, 이파리는 다 떨어져 나갔더라고요. 벌거숭이가 되어 있었죠. 정말 너무 혼란스럽고 머리끝까지 화가 났어요. 몸에 입은 상처 못지않게 마음에 난 상처도 컸어요. 몸과 마음이 다 망가졌죠. 너무도 참담해서, 그냥 죽고 싶었어요."

"지금은 정말 멋지고 강해 보이는걸요!" 기쁨이 말했습니다.

"맞아, 하지만 회복하기까지 몇 년이 걸렸어." 벚나무가 대답했습니다. "태풍이 지나가고 처음 맞이한 봄에, 용감하게도 새순이 몇 개 돋아났어. 그렇게 당하고도 또 믿느냐고, 새싹들을 나무랐지. 그랬더니, 내 안에서 어떤 소리를 들었다고 하더라. '살아야 한다, 살아야 한다!' 하는 소리를."

"나도 모르게, 아주 조금씩 상처가 아물기 시작했어."

"하지만, 여전히 내 모습이 창피했어. 구경거리가 된 기분이었거든." 벚나무가 말을 이었습니다. "몸뚱이는 커다란데, 겨우 새싹 몇 개가 전부였으니까. 그런데 해가 계속 나를 달랬어. 다른 나무들도 내게 포기하지 말라고 애원했고."

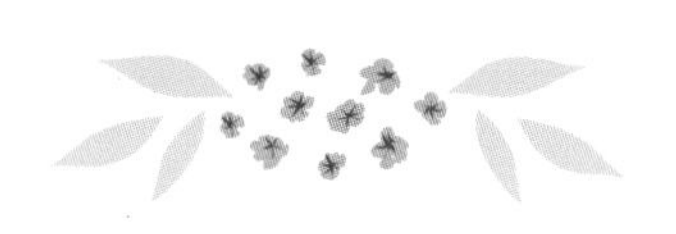

"지난 몇 년간 내 꽃을 보고 감탄했던 사람들이 다시 나를 보러 왔지. 사람들은 나를 끌어안고 말해 줬어. 내가 다시 살기로 마음먹어서 얼마나 기쁜지 모른다고."

"이듬해 봄에 다시 아름다워진 거죠? 그렇죠?" 행복한 결말을 기대하며 기쁨이 물었습니다.

"아니." 벚나무가 대답했습니다. "하지만, 내 주변에 있는 나무들도 같은 일을 겪고 있단 게 위안이 됐어. 처음에는, 입 밖에 꺼내지 말자고 모의라도 한 양, 다 같이 고통을 숨기기 바빴지. 그런데, 일단 마음을 열고 저마다 겪은 일을 서로 나눴더니, 살 것 같더라. 정말로 살아 있는 느낌이 들었어."

"우리가 놀랍게 성장했다는 사실도 알게 됐지."

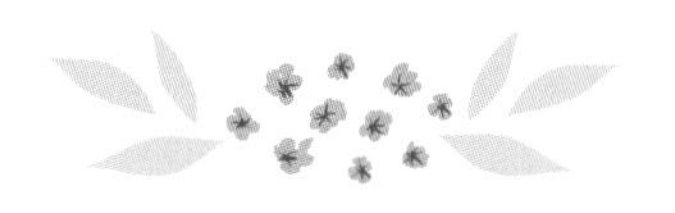

"그런 일을 다 겪고 나서도, 잎사귀를 놓아주기가 여전히 힘들어요?" 기쁨이 물었습니다.

"그 일을 통해, 삶에 변화가 생길 때는 변화에 저항하는 것보다 동참하는 게 더 쉽다는 걸 배웠단다." 벚나무가 말했습니다. "찾아오는 변화를 고를 수는 없지만, 거기에 어떻게 대응할지는 선택할 수 있지. 얘야, 내 말을 믿어 보렴. 때가 되면, 놓아주는 게 좋아. 네 친구 신실은 우아하게 놓아주는 법을 배운, 아주 멋진 나무란다."

신실은 부끄러워 얼굴이 빨개졌고, 그 바람에 진홍빛 이파리가 한층 더 아름답게 빛났습니다.

"다시 봄이 오리라, 믿을 만큼 많은 계절을 지나왔으니까요." 신실은 벚나무에게 말했습니다. 그리고 기쁨을 보고 이렇게 말했습니다. "살아 내다 보면, 이런저런 일을 겪으면서 너도 지금보다 훨씬 더 강해지고 아름다워질 거야. 떠나보내는 일도 그중 하나란다. 지금은 그걸 준비할 때야."

"내가 원치 않는데도요?" 목소리가 떨렸습니다. 가지는 휘어지고, 이파리는 축 늘어졌습니다. 중압감이 어린나무의 온몸을 짓눌렀습니다. "마치 그런 일이 일어나길 바라는 것 같네요." 기쁨은 화가 나서 신실에게 불퉁거렸습니다.

"한편으로는 나도 슬프지. 왜 아니겠니?" 신실이 말했습니다. "하지만, 또 한편으로는 안심이 돼. 버거운 이파리를 내려놓을 시간이 됐다는 게."

"버겁다고요?" 기쁨은 방금 들은 말이 믿기지 않았습니다. "무성한 이파리를 짐스러워하는 줄은 미처 몰랐네요. 다른 이들에게 이파리를 나눠 줄 때 행복해 보였는데."

"이파리가 무성한 거야, 정말 좋지." 나이 지긋한 친구가 말했습니다. "하지만, 하늘 아래 다 벗고 서 있는 시간도 필요해. 그늘을 만들고, 외모를 아름답게 가꾸고, 이파리를 살뜰히 돌보는 일 따위 신경 쓰지 않고, 오롯이 내가 되는 시간. 이파리를 거치지 않고 태양과 비를 직접 맞을 시간."

"이파리는 가지를 잡아당겨 나를 자라게도 하지만, 나를 짓누르기도 해. 바람이라도 불면, 이파리가 나를 사방으로 잡아당기지. 물론, 나도 이파리를 사랑한단다. 하지만, 내겐 이파리 없이 보내는 계절도 필요해."

그 말을 하면서, 신실은 자기가 겨울을 얼마나 그리워하는지 깨달았습니다. 그런 마음은 대체 언제 생긴 건지 궁금했습니다.

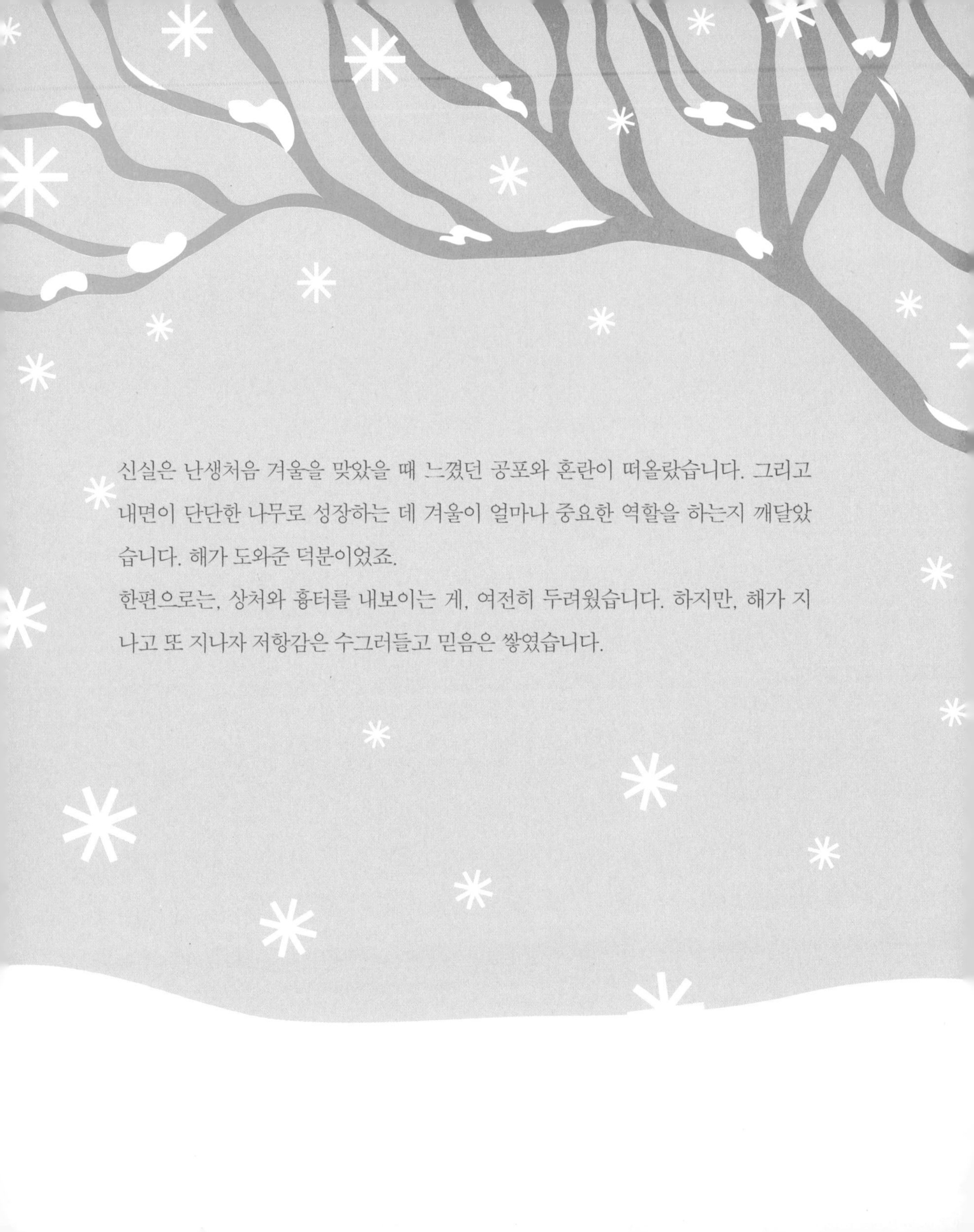

신실은 난생처음 겨울을 맞았을 때 느꼈던 공포와 혼란이 떠올랐습니다. 그리고 내면이 단단한 나무로 성장하는 데 겨울이 얼마나 중요한 역할을 하는지 깨달았습니다. 해가 도와준 덕분이었죠.

한편으로는, 상처와 흉터를 내보이는 게, 여전히 두려웠습니다. 하지만, 해가 지나고 또 지나자 저항감은 수그러들고 믿음은 쌓였습니다.

신실은 오랜 친구인 느릅나무를 떠올렸습니다. 느릅나무는 신실보다도 나이가 많았습니다. 어느 늦가을에, 느릅나무는 다른 나무들에게 작별 인사를 건넸습니다. 언젠가 영원한 봄날에 다시 만나자면서 말입니다. 아직 자신은 느릅나무를 따라나설 준비가 안 되어 있다는 걸, 신실은 잘 알고 있었습니다. 하지만, 계절이 바뀌고 또 바뀌는 동안 두려움이 차츰 사그라지리라는 것도 알고 있었습니다.
'나는 변하고 있어.' 신실은 속으로 생각했습니다. 그리고 "당신 덕분이에요!" 하고 해에게 속삭였습니다.

흘러가는 구름 틈으로 얼굴을 내민 해는 나무 한 그루 한 그루에 다정하게 입 맞추고, 이렇게 말하곤 했습니다. “사랑은 아주 멋진 일을 한단다.”

이런 만남 덕분에 신실의 영혼은 더욱 생기를 얻었고, 신실은 흡족한 마음으로 숨을 크게 내쉬었습니다. “자기가 사랑받고 있다는 걸 아는 나무는 변화를 받아들일 수 있단다.” 신실이 기쁨에게 말했습니다. “그리고 너도 아주 많이 사랑받고 있단다. 해에게, 또 우리에게 말이야.”

“알아요.” 어린나무는 부끄러운 듯 소곤거렸습니다. “해의 사랑이 느껴져요. 특히, 당신을 통해서요.”

바로 그때, 신실의 가지에서 떨어진 나뭇잎들이 산들바람을 타고 정처 없이 흩날렸습니다.
"어디로 가는 거예요?" 기쁨이 물었습니다.
"그건 나도 몰라." 신실이 말했습니다. "하지만, 이파리들이 어디로 가서 어떤 좋은 일을 할지, 상상은 할 수 있단다."
"좋은 일을 한다고요?" 기쁨은 의아하고 궁금했습니다. "나무와 이파리가 헤어지는 일에서도 어떤 의미를 찾을 수 있다는 거예요?" 기쁨은 마음속에서 작은 희망의 불꽃이 일렁이는 걸 느꼈습니다. "어떻게 하면 그렇게 돼요?"

"어떤 이파리들은 땅에 떨어져 토양을 비옥하게 할 거야." 신실이 설명했습니다.
"또, 어떤 이파리들은 혹한기에 식물과 동물을 보호해 줄 거야. 지난겨울에도 바닥에 쌓인 이파리들이 우리를 따듯하게 해 주었지."
"하지만, 가장 좋은 일은 바로 놓아주는 순간에 일어난단다. 내가 자연과 하나가 되는 순간, 나 역시 내가 다 이해하지 못하는 훨씬 큰 계획의 한 부분이라는 걸 깨닫는 순간에 말이야."

한참을 망설이던 기쁨이 이윽고 입을 열었습니다. “음, 한두 개 놓아줘 볼게요. 그냥, 기분이 어떤지 보게요.” 기쁨은 눈에 잘 띄지 않는 곳에 달린 이파리 두 개를 골랐습니다.

“자! 이제 가도 돼!” 기쁨은 이파리에게 말했습니다.

그런데, 이파리는 꿈적도 하지 않았습니다! 가지를 쭉 뻗어도 보고, 비틀어도 보고, 밀어내도 보았습니다. 그래도 이파리는 가만히 있었습니다! 기쁨은 다음번 바람이 와서 데려갈 수 있게 이파리 두 개를 앞으로 내밀었습니다. 이번에도 아무 일도 일어나지 않았습니다! 애써 결심했는데 뜻대로 되지 않자 마음이 상한 기쁨은 있는 힘껏 이파리를 흔들었지만, 역시나 꿈적도 하지 않았습니다.

"그렇게 해서 되는 일이 아니란다." 신실이 다독이며 말했습니다.

"놓아주는 일은 네가 마음먹는다고 해서 끝이 아니야. 억지로 등을 떠밀 수는 없단다. 떠날 수 있게 해 주고, 그다음엔 기다려야 해. 네가 할 수 있는 건 그것뿐이란다."

"나도 이파리 몇 개가 가지에 꼭 붙어서 떠나지 않으려고 버티던 때가 있었어." 나이 든 나무가 말했습니다. "싫어져서 버리려는 게 아니라고, 안심시켜 줘야 했지."

"음…." 바람에 나풀거리는 이파리들이 가지를 세게 잡아당기는 걸 느끼며 어린 나무는 웅얼거렸습니다. 이파리와 쌓아 온 유대감이 얼마나 깊고 끈끈한지 느껴졌습니다. 기쁨은 자연의 지혜를 어렴풋이 이해하기 시작했습니다. 그렇지만, 이파리가 자기 곁을 떠나는 건 여전히 싫었습니다.

"여기보다 더 춥고 바람도 더 센, 저기 저 언덕에 사는 물푸레나무는 벌써 이파리를 대부분 잃었단다." 신실이 말을 이었습니다. "사실, 그 친구도 이파리를 놓아주지 않으려고 악착같이 버텼지. 원망하고 억울해하며 한참을 씩씩거렸어. 이파리와 쌓은 추억을, 자기가 원했던 삶을 절대 놓지 않으려 했어."

"나더러 이파리와 쌓은 추억을 놓아주라는 말이에요?" 기쁨은 너무도 당혹스러웠습니다. "즐거웠던 여름날을 추억하는 게 잘못이에요?"

"추억하는 건 멋진 일이지." 신실이 달래듯 말했습니다. "지나간 일을 지금 삶보다 더 중요하게 여기지만 않으면. 물푸레나무가 이파리를 놓치지 않으려고 온몸에 잔뜩 힘을 주면, 줄기 속에 봄기운이 자유롭게 흘러가지 못해서 새순이 돋아나기 어렵단다."

"그건 너무 슬퍼요." 기쁨이 말했습니다. "그럼, 물푸레나무는 죽는 건가요?"

"죽진 않을 거야. 하지만, 두 팔 벌려 봄을 맞이하지 못하겠지. 자기 안에서 새순이 돋아나는 낌새를 알아채지도 못할 테고. 그렇게 멋진 순간을 놓치다니, 너무 아깝잖아."

기쁨은 생각에 잠겨 한동안 말이 없었습니다. 이해하려 애쓰는 모습이 대견해, 신실은 옆에 서서 가만히 지켜보았습니다.
"믿어 볼게요." 기쁨이 말했습니다. 자기가 한 말에 자기도 놀란 눈치였습니다. "때가 되면, 놓아줄 수 있게 도와줄 거죠?"
그 말을 하는 순간, 기쁨은 마음이 자유로워졌습니다. 그 자유로움은 대체 어디서 온 걸까요? 기쁨은 자기에게 살며시 윙크하는 해를 보려고 때맞춰 고개를 들었습니다.
"뭔가 이상해요!" 기쁨이 신실에게 말했습니다. "갑자기 마음이 가벼워지고 평화로워졌어요. 이파리가 하나도 떨어지지 않았는데도요."
"무언가를 놓아줘서 그래." 신실이 슬기롭게 말했습니다. "이건 이래야 하고, 저건 저래야 한다고 생각하던 네 고집을 내려놓았잖니. 또, 도움을 청할 줄도 알게 됐고. 축하한다!"
두 나무는 다정하게 서로 가지를 감았습니다. 해도 함께 기뻐하며 하늘을 붉게 물들여 축제 분위기를 돋우었습니다.

바람이 부는 대로 신실의 가지가 살랑살랑 흔들렸습니다. “자연에 몸을 맡기면 얼마나 자유로운지 느껴 보렴.”
“오!” 힘을 풀자 몸이 가벼워지는 것을 느끼며, 기쁨은 숨을 크게 내쉬었습니다. “놓지 않으려고 버틸 때보다 훨씬 기분이 좋아요.”
“이제 자신을 놓아주렴.” 신실이 말을 이었습니다. “이파리에게 기대했던 것들을 내려놓고, 걔들이 떠나고 싶을 때 떠날 수 있게 해 주렴.”
“그렇게 할게요.” 신실을 오롯이 신뢰하는 마음으로 기쁨이 말했습니다. “그렇게만 하면 돼요?”
“이제 은총을 기다리면 된단다.” 신실이 말했습니다. “은총은 초대를 받아 오기도 하고, 마음에 확신이 생길 때 오기도 해. 믿어 보렴, 곧 알게 될 거야.”
어떤 날은 마음에 용기가 샘솟아 어떤 신비한 일도 받아들일 수 있을 것 같았습니다. 또, 어떤 날은 의심과 망설임과 두려움이 스멀스멀 밀려왔습니다. 그래도 기쁨은 매일 해가 지는 모습을 보면서 속으로 되뇌었습니다. “믿어 보는 거야.”

어느 날, 아이들 여럿이 들판에 와서 울긋불긋한 낙엽을 밟으며 천방지축 뛰어놀았습니다.

"예쁘다!" 남자아이 하나가 소리쳤습니다. "친구한테 갖다줘야지. 걔는 아파서 밖에 못 나오니까." 소년은 기쁨을 올려다보며 말했습니다. "이 노란 이파리도 있으면 좋을 텐데!"

생각할 겨를도 없이, 기쁨이 대꾸했습니다. "자, 가져가!" 그 순간, 황금빛 이파리 몇 개가 팔랑거리며 땅에 떨어졌습니다. 소년은 마냥 신이 났습니다. 하지만, 소년보다 더 행복해한 건 바로 기쁨이었습니다.

"이게 무슨 일이죠?" 전에 한 번도 느껴 본 적 없는 희열에 가득 차서 기쁨이 물었습니다.

"넌 방금 아주 중요한 경험을 한 거야." 신실이 말했습니다. "그냥 놓아주는 데서 한 걸음 더 나아갔으니까. 정말 잘했다."

"이렇게 좋은 거라고, 왜 진작 얘기해 주지 않았어요?" 이해할 수 없다는 표정으로 기쁨이 물었습니다.

"놓아주는 일이 항상 지금처럼 행복한 건 아니거든." 신실이 말했습니다. "가끔은 사무치게 외롭기도 해. 겁이 나기도 하고, 화가 치밀 때도 있어. 다, 네게 소중했던 것을 떠나보낼 때 느끼는 슬픔의 감정이야. 하지만, 이런 감정도 모두 네 벗이란다. 그런 감정을 하나하나 존중하고, 또 배우렴. 잘 떠나보내면, 다른 감정도 느끼게 될 거야. 마음이 평온해지거든."

"지금이 그래요." 기쁨이 낮게 속삭였습니다. "그리고… 조금은, 어른이 된 것 같아요."

"정말 많이 컸구나." 신실이 말했습니다. "하루하루를 살아 내야만 배울 수 있는 것들이 많단다. 살아가는 걸 두려워하지 마."

둘은 나뭇잎 다발을 들고 뛰어가는 소년의 모습을 함께 지켜보았습니다. 기쁨은 나이 든 나무를 쿡 찌르며 소년이 뛰어가는 방향을 가리켰습니다.

"보세요! 당신과 내 이파리를 들고 있어요. 선물을 만드는 데 우리가 보탬이 된 거죠?"

"그래." 신실이 고개를 끄덕였습니다. "우리 잎사귀로 대지를 뒤덮을 때처럼, 우리가 함께 주는 선물이지."

아이들 소리가 허공에 울려 퍼지다 저만치 멀어졌습니다. 그 자리에는 진홍빛과 황금빛 잎사귀가 대지를 축복하듯 기품 있게 떨어질 때 나는 바스락거림과 바람의 속삭임만 남았습니다.

모든 일이 자연의 이치를 따라 흘러갔고,

세상은 조금 더 평화로워졌습니다.

이제는 놓아줄 시간

메리 페이 지음 | 존 인세라 그림
이은진 옮김

2019년 10월 25일 초판 1쇄 발행

펴낸이 김도완
등록 제406-2017-000014호(2017년 2월 1일)
전화 031-955-3183
전자우편 viator@homoviator.co.kr

펴낸곳 비아토르
주소 경기도 파주시 문발로 197 102호(우편번호 10881)
팩스 031-955-3187

편집 박명준
제작 제이오
제본 (주)정문바인텍

디자인 임현주
인쇄 (주)민언프린텍

ISBN 979-11-88255-48-1 03840

이 도서의 국립중앙도서관 출판예정도서목록(CIP)은 서지정보유통지원시스템 홈페이지(http://seoji.nl.go.kr)와 국가자료종합목록시스템(http://www.nl.go.kr/kolisnet)에서 이용하실 수 있습니다.
(CIP제어번호 : CIP2019040459)